Vente du Lundi 19 Décembre 1881

HOTEL DROUOT, SALLE N° 2.

SUCCESSION DE M. LE DR MANDL

OBJETS D'ART

ET

D'AMEUBLEMENT

EXPOSITION PUBLIQUE

LE DIMANCHE 18 DÉCEMBRE 1881

DE 1 HEURE A 5 HEURES

COMMISSAIRE-PRISEUR

Me PAUL CHEVALLIER, Succ^r de Me CHARLES PILLET

10, RUE DE LA GRANGE-BATELIÈRE, 10.

EXPERT

M. CHARLES MANNHEIM, 7, rue Saint-Georges

CATALOGUE

DES

OBJETS D'ART

ET

D'AMEUBLEMENT

Faïences de Delft à décors bleu et polychrome ; Faïences diverses ;

Médaillons en terre cuite par NINI : Bronzes d'ameublement du temps de Louis XVI ;

Meubles en bois sculpté et autres ; Tableaux ; Pastels ;

Instruments de chirurgie ; Livres de médecine ;

DONT LA VENTE AURA LIEU

Par suite du décès de M. le Dr Mandl

HOTEL DROUOT, SALLE N° 2

Le Lundi 19 Décembre 1881

A DEUX HEURES

COMMISSAIRE-PRISEUR

Me PAUL CHEVALLIER, Succ^r de Me CHARLES PILLET

10, RUE DE LA GRANGE-BATELIÈRE

EXPERT

M. CHARLES MANNHEIM, 7, rue Saint-Georges.

Chez lesquels se trouve le présent Catalogue.

EXPOSITION PUBLIQUE : le Dimanche 18 Décembre 1881,

De une heure à cinq heures.

CONDITIONS DE LA VENTE

Elle sera faite au comptant.

Les acquéreurs payeront, en sus des adjudications, *cinq pour cent* applicables aux frais.

L'exposition mettant le public à même de se rendre compte de l'état des objets, il ne sera admis aucune réclamation une fois l'adjudication prononcée.

Paris. — Typ. PILLET et DUMOULIN. 5, rue des Grands-Augustins.

DÉSIGNATION DES OBJETS

FAIENCES DE DELFT

DÉCOR POLYCHROME

1 — Plat rond à décor d'ornements et de fleurs et corbeille au centre, en bleu rouge et or, style japonais.

2 — Deux lampes montées dans des vases en ancienne faïence de Delft, décor polychrome rehaussé d'or à fleurs et ornements.

3 — Sept assiettes à décor bleu, rouge et or à rosace au centre et ornements au marli.

4 — Deux assiettes à décor de même style avec rosace au centre et fleurs au pourtour.

5-6 — Deux assiettes de style oriental à fleurs et oiseaux et lambrequins au marli.

7 — Deux plats ronds décor polychrome rehaussé d'or. Au centre, corbeille fleurie, au marli, lambrequins rouges et verts et ornements quadrillés alternant.

8 — Assiette, décor polychrome. Au centre, le sujet de Moïse sauvé des eaux.

9 — Tasse et soucoupe à côtes, décor de style oriental.

10 — Deux jolis tableaux rectangulaires, décor polychrome rehaussé d'or, représentant des paysages avec rivière, figures de cavaliers et animaux, encadrés d'une bande d'arabesques sur fond noir. Haut. 20 cent., larg. 27 cent.

11 — Grand pot à couvercle et à deux anses, aux armoiries de Dowe, 1750. Décors arabesques très fines, vert émeraude sur fond noir.

12 — Boîte à thé, à fond noir avec médaillon central sur chaque face, arabesques et fleurs polychromes.

FAIENCES DE DELFT

DÉCOR BLEU

13 — Grand tableau rectangulaire à décor bleu représentant un paysage avec cours d'eau, de sytle chinois et personnages. Au premier plan, diverses scènes d'acrobates. Cadre en bois noir. Haut. 62 cent., larg. 90 cent.

14 — Tableau représentant les bords d'une rivière; on aperçoit à l'horizon les ruines d'une tour, une ville, etc.

15 — Joli tableau représentant le Passage du gué, d'après
Berghem. Quelques céramistes attribuent ce tableau à
Berghem même. Pièce fort remarquable.
Haut. 33 cent. ; larg., 45 cent.

16 — Encrier de forme contournée à décor bleu.

17 — Deux petites jardinières à pans avec plateaux à décor
bleu.

18 — Plaque ronde à décor bleu représentant un vase de
fleurs.

19 — Petite cage en forme de maison, en faïence de
Delft à décor bleu.

FAIENCES DIVERSES

20 — Deux cornets en ancienne faïence de Castel-Durante,
décorés de bustes de saints personnages et d'ornements.
Ils sont montés en lampes en bronze.

21 — Coupe ronde à côtes, décorée d'un sujet ayant trait
à l'histoire de Diogène. Urbino.

22 — Plat oblong à contours en faïence d'Alcora, décor
polychrome à rosaces et fleurs.

23 — Plaque rectangulaire en hauteur, à figure de mois-
sonneuse en relief et à décor polychrome. Faïence allemande.

24 — Petite coupe ronde à contours et à bossages, en faïence de Castel-Durante ; au centre un buste d'homme, au pourtour des ornements.

25 — Petite coupe ronde en faïence de Nevers, à fond bleu marbré de blanc.

26 — Deux appliques formées chacune d'une figure d'amour tenant un cornet, en faïence allemande, décor polychrome.

27 — Coupe ronde en faïence de Palissy, modèle à rosace.

28 — Chauffe-mains en ancienne faïence de Perse, décor polychrome.

29 — Gourde en forme de livre, en faïence allemande, décor polychrome.

TERRES CUITES DE J.-B. NINI

30 — Médaillon rond en terre cuite par NINI. — Buste de profil de la grande CATHERINE DE RUSSIE.

31 — Autre médaillon par NINI. — Buste de CHARLES JUSTE, PRINCE DE BEAUVAU.

32 — Autre beau médaillon par NINI. — Buste de profil de FRANKLIN. — On lit à l'exergue : ERIPUIT CŒLO FULMEN, SCEPTRUMQUE TIRANNIS. Date de 1779.

33 — Médaillon par NINI. — Buste de CHARLES RENÉ PÉAN, SEIGNEUR DE MOSNAC.

34 — Médaillon par NINI. — Buste de Louis XV. LUDOVICUS XV, REX CHRISTIANISSIMUS MDCCLXX.

35 — Médaillon par NINI. — Buste de THÉRÈSE ÉLISABETH LERAY DE CHAUMONT. Date de 1785.

36 — Médaillon par NINI. — Buste de jeune gentilhomme de profil à gauche.

37 — Médaillon par NINI. — Buste de VOLTAIRE, né le XV FÉVRIER MDCXCIV, de profil à droite et couronné de lauriers et de feuilles de chêne. Date de 1781.

BRONZES

38 — Deux candelabres du temps Louis XVI en bronze doré et marbre composés chacun d'une figure de femme portant un cornet d'où s'échappent quatre branches porte-lumière.

39-42 — Quatre paires de flambeaux du temps de Louis XVI en bronze doré, variés de modèles.

43 — Deux bras appliques du temps de Louis XVI en bronze à trois lumières.

44 — Deux paires de bras appliques de même époque à deux lumières orné de festons de laurriers.

45 — Statuette en bronze : Mercure d'après Jean de Bo-
logne.

46 — Médaillon en bronze par Nini. — BETHEVIN. CHI.
ART. EN POR. DE ROY DE SUE, DAN. etc. 1775.

47 — Deux lampes montées dans des bouteilles en porce-
laine craquelée de la Chine à décor bleu, garnies de
bronzes.

48 — Six appliques en cuivre argenté décorées de mascarons et d'ornements en relief, et à une branche
porte-lumière. Travail allemand XVII° siècle.

49 — Deux girandoles du temps de Louis XVI en cuivre
argenté à deux lumières.

50-51 — Deux paires de flambeaux Louis XV en cuivre
argenté.

52 — Deux chenets formés chacun d'une figure d'amour
assis en bronze.

53 — Lustre en bronze garni de cristaux.

54 — Deux flambeaux de style renaissance à tiges carrées
en cuivre.

OBJETS VARIÉS

55 — Petite pendule allemande de forme carrée en cuivre gravé dorée en partie, époque Louis XIII. Elle repose sur un socle en bois noir orné d'un bas-relief en ivoire représentant Ariane et l'Amour.

56 — Pelle et pincette en cuivre jaune décorées de mascarons saillants. Travail flamand du xvii° siècle.

57 — Joli petit coffret en cuivre gravé et découpé de la fin du xvi° siècle avec serrure à huit pènes et à deux tiroirs dans la partie inférieure de l'objet.

58 — Encrier en bronze supporté par trois têtes de chérubins et à couvercle surmonté d'une figurine d'enfant tenant un vase. Italie xvi° siècle.

59 — Deux figurines d'enfants en bronze. Travail du temps de Louis XVI.

60 — Petit bras porte-lumière en fer forgé.

61 — Petit lustre à six lumières en fer forgé.

62 — Deux flambeaux vénitiens en cuivre gravé et incrusté d'argent.

63 — Cuiller en bois sculpté à figure et ornements.

64 — Petit mortier en bronze du xvie siècle.

65 — Crachoir et petit plateau rond en ancien émail cloisonné de la Chine.

MEUBLES

66 — Bahut en bois sculpté fermant à deux portes et orné de cariatides aux angles xvi° siècle.

67 — Meuble à deux corps en bois sculpté à cariatides et ornements. Le corps supérieur forme vitrine et le corps inférieur étagère.

68 — Meuble analogue à celui qui précède. Le corps supérieur de celui-ci forme étagère.

69 — Armoire en bois sculpté avec colonnes détachées et fronton découpé. Il ferme à l'aide de deux portes vitrées.

70 — Grand divan en bois sculpté à figures et ornements et couvert en velours vert frappé. Ce divan forme lit.

71 — Huit escabeaux en bois sculpté.

72 — Grand fauteuil Louis XIII en bois sculpté couvert en velours vert frappé.

73 — Autre fauteuil Louis XIII couvert de même, mais
plus petit.

74 — Pendule Louis XIV en marqueterie d'écaille et
cuivre garnie de bronzes, et socle à trois consoles de
même style.

75 — Deux jolis escabeaux à dossier en bois sculpté à
cariatides du xvii° siècle.

76 — Petite table carrée sur pieds, à double torsade.

77 — Deux tabourets, l'un d'eux couvert en velours vert
frappé.

78 — Petit coffre oblong en bois sculpté.

79 — Buffet de salle à manger, du temps de Louis XVI,
en bois de chêne sculpté à dessus de marbre. Une étagère a été rapportée sur le dessus de marbre.

80 — Miroir carré biseauté avec cadre plaqué d'écaille et
moulures guillochées en bois noir.

81 — Miroir pour trumeau avec cadre à fronton en glace
gravée à ornements rocaille.

82 — Deux petites consoles supports en bois sculpté à vo-
lutes.

83 — Console en bois sculpté et doré à deux pieds en vo-
lutes et à dessus de marbre blanc. Époque Louis XVI.

84 — Petite console cintrée à deux pieds et festons de fleurs en bois sculpté et doré, à dessus de marbre. Époque Louis XVI.

85 — Glace biseautée en largeur avec cadre en bois sculpté et doré. XVIIIe siècle.

86 — Glace carrée avec cadre en bois sculpté et doré, XVIIIe siècle.

87 — Petite pendule et son socle support [en marqueterie de cuivre et garnie de bronze. Époque Louis XIV.

88 — Tapisserie divisée en trois parties et formant panneau et deux rideaux.

89 — Horloge applique formant calendrier, en écaille et garnie en argent.

90 — Glace carrée avec large cadre à moulures guillochées en ébène.

91 — Coffret oblong en bois garni de moulures guillochées et d'appliques en cuivre.

TABLEAUX, PASTELS ET DESSINS

92 — Portraits de François Ier et de Louis XIII. École française.

93 — Portrait de Riquet de Caraman. École française du xviiie siècle. Cadre du temps en bois sculpté et doré.

94 — Triomphe d'Amphitrite, par Hugues Taraval ; ovale.

95 — Deux pendants. — Amour aiguisant une flèche et Amour forgeron.

96 — Portrait d'homme. École flamande.

97 — Buste de Io. — Pastel du xviiie siècle.

98 — Buste de femme en costume Louis XVI. — Pastel.

99 — Feuille d'éventail représentant un sujet tiré de l'histoire romaine.

100 — Le Menuisier. — Joli dessin par Lépicié.

101 — Deux miniatures provenant d'un missel, avec cadres en bois sculpté et doré.

102 — Petit tableau sur cuivre par Van Kessel ; monuments, plantes et insectes.

103 — Miniature gouachée sur vélin. — Kermesse hollandaise.

INSTRUMENTS DE CHIRURGIE

104 — Quantité d'instruments de chirurgie et appareils électriques.

LIVRES DE MÉDECINE

105 — Fort lot de livres de médecine.

www.ingramcontent.com/pod-product-compliance
Lightning Source LLC
LaVergne TN
LVHW011454170726
843501LV00009B/3406